PENSE BÊTE
POUR
GARDIENNE
AVERTIE

À Gillian et à Pen

PENSE BÊTE POUR GARDIENNE AVERTIE

Tim Hopgood

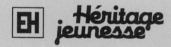

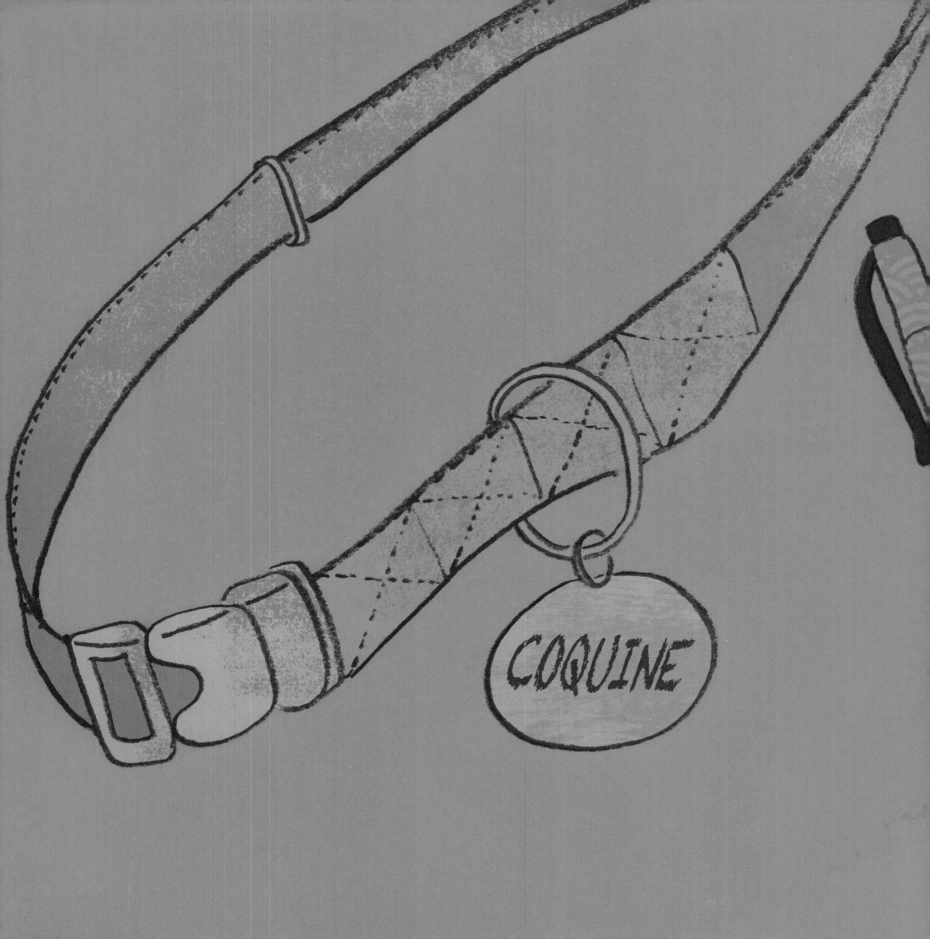

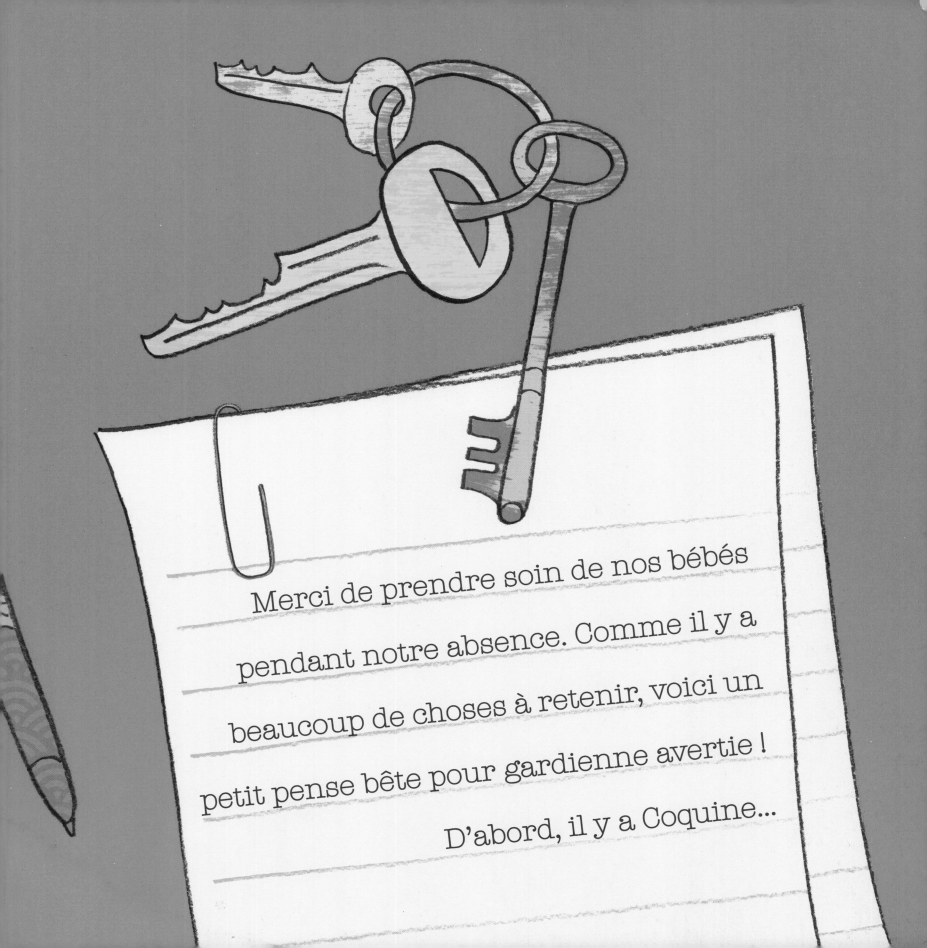

Merci de prendre soin de nos bébés pendant notre absence. Comme il y a beaucoup de choses à retenir, voici un petit pense bête pour gardienne avertie !

D'abord, il y a Coquine...

Il est préférable de lui servir son déjeuner
avant les autres. Elle a toujours faim
le matin, et ça la rend grognonne !

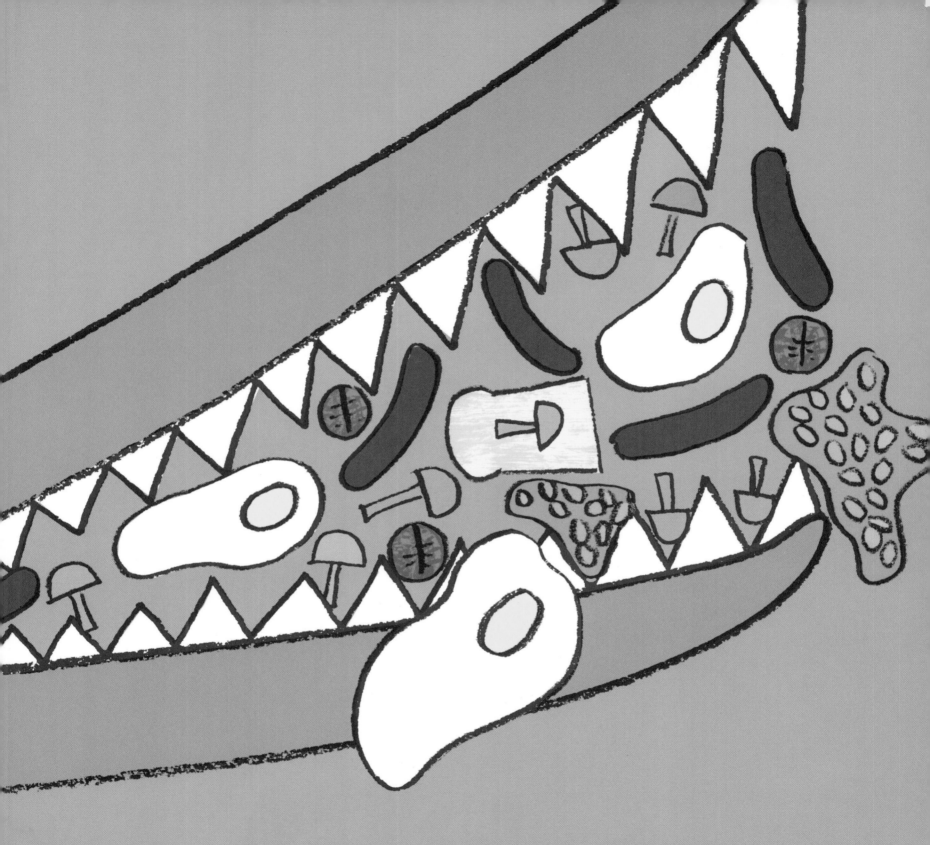

N'oublie pas de lui brosser les dents après le repas !

Ne t'en fais pas pour Spock,
c'est un gros dormeur.
Il mangera plus tard.

Et s'il se met à muer,
jette sa vieille peau
dans la poubelle.

Surveille bien Ping et Pong.

Ils aiment danser dans l'escalier.

Mais ne les laisse pas faire trop de bruit, car ils pourraient réveiller Elsa et Edna pendant leur sieste.

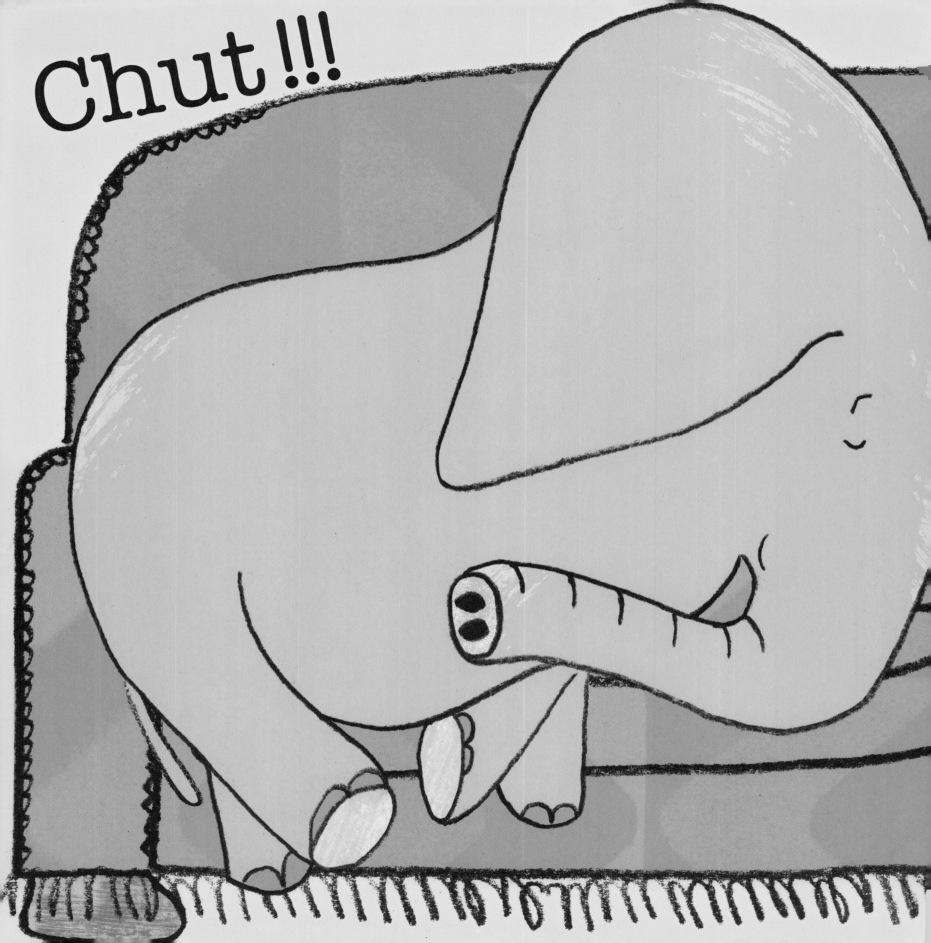

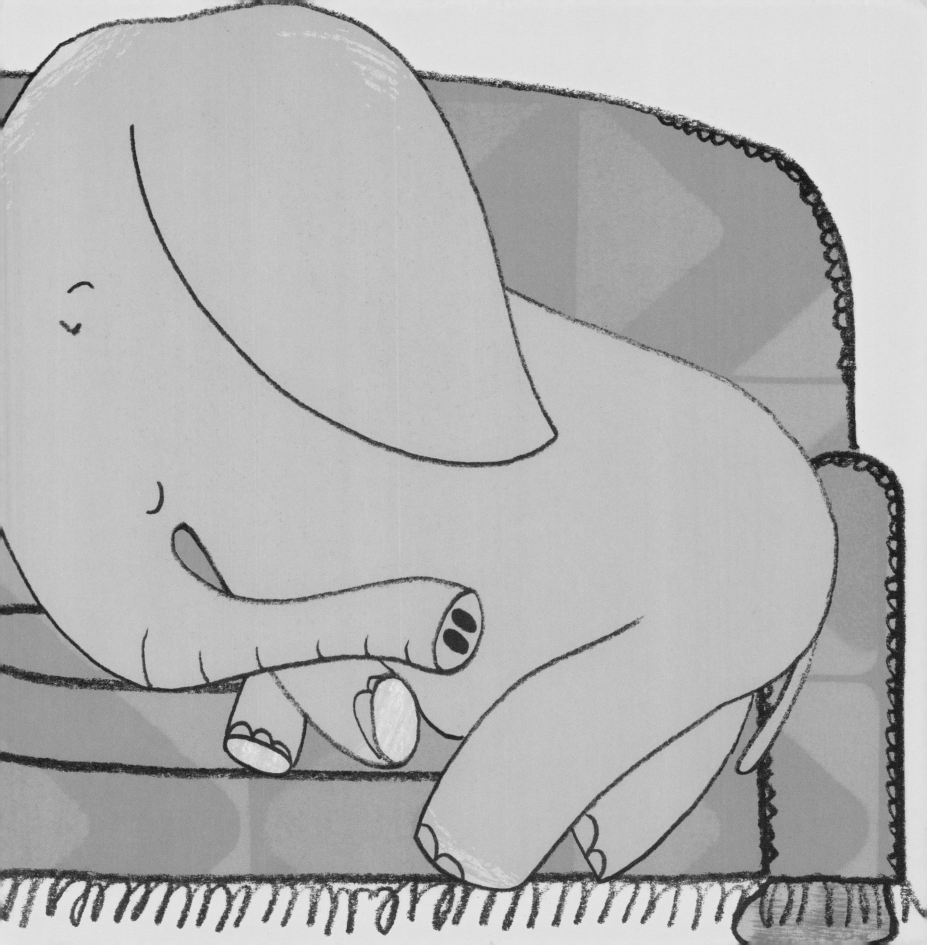

S'il te plaît, nettoie la cage
de Vincent au moins
une fois par jour.

Et n'aie pas peur,
il ne mord pas !

Après le lunch, Georges et Ringo aiment bien aller au parc.

Pense à apporter le ramasse-crottes...

Tu en auras besoin !

L'heure du thé peut être un peu... salissante.

Surveille bien Bobo,
sinon il videra
tous les plats!

Gontran adore se faire chatouiller, surtout sur le bedon.

Mais il faut d'abord réussir à l'attraper!

Orlando aime prendre son bain
avant le dodo.

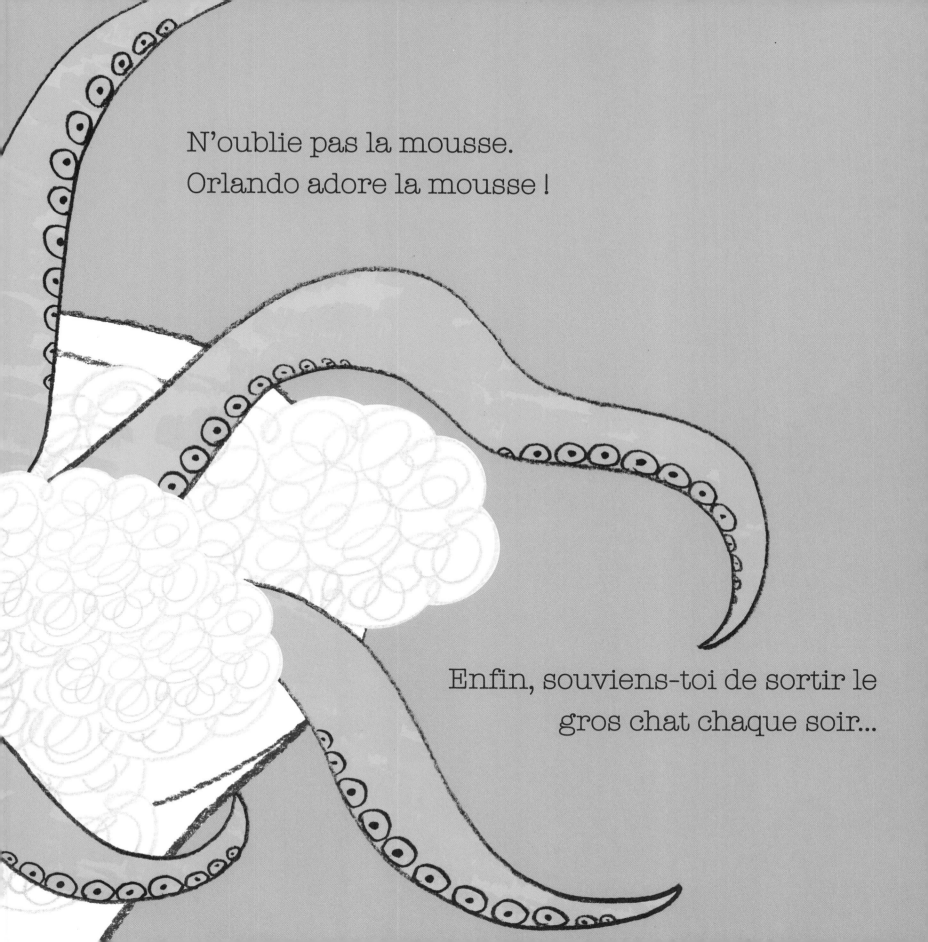

N'oublie pas la mousse.
Orlando adore la mousse !

Enfin, souviens-toi de sortir le
gros chat chaque soir...

Ah oui! Une dernière chose.
S'il te reste du temps, ce serait gentil
d'arroser les plantes.

Mais sois prudente...

Elles mordent !

Nous serons de retour
samedi prochain
(si tout va bien.)

Merci

x

S'il y a quoi que ce soit, notre numéro
de téléphone est sur le frigo.

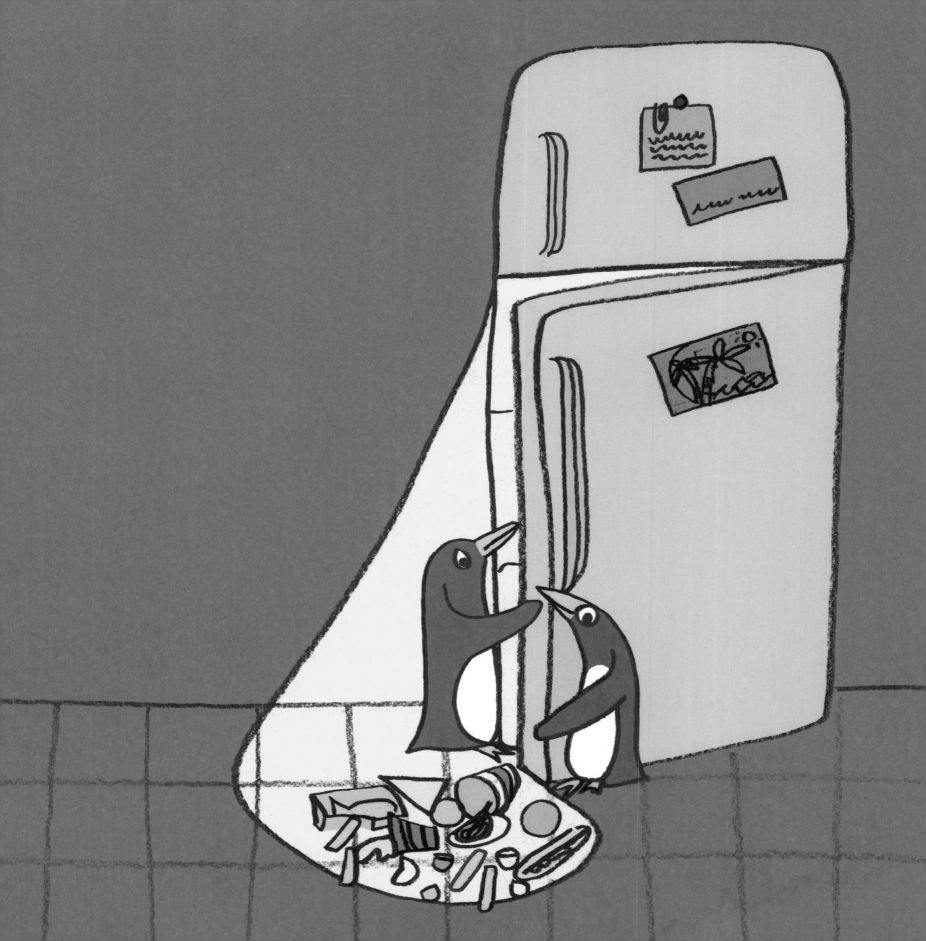